LES

BINETTES RIMÉES

E. de Girardin — A. Daudet — G. Aimard — T. de Banville — A. Houssaye — Courbet — Baron Brisse — Offenbach Edm. et J. de Goncourt — Leconte de Lisle

Texte par E. Vermersch — Dessins par L. Petit et F. Régamey

I

LES

BINETTES RIMÉES

I

LES

BINETTES RIMÉES

Texte par E. Vermersch. — Dessins par L. Petit et F. Régamey

I

PARIS

AUX BUREAUX DE *L'IMAGE*, RUE DU FAUBOURG POISSONNIÈRE, 10

CHEZ GAYET, RUE MONTMARTRE, 133

ET CHEZ TOUS LES LIBRAIRES

À MON AMI

EUGÈNE SCHNERB

E. Vermersch

Ce livre est un livre inutile : aussi puis-je espérer pour lui la désapprobation des bourgeois.

Au moment où tant d'activités bouffonnes se démènent inutilement dans le vide, où tant d'efforts sont tentés pour n'aboutir à rien, il m'a semblé bon de publier cette plaquette qui n'a d'autre prétention que celle de ne servir absolument à personne.

Et, en effet, elle ne parle ni de politique, ni de philosophie, ni de religion, ni de commerce — le mot humanitaire, *n'y est pas prononcé une seule fois ; l'auteur n'y proclame pas, en mettant la main sur son cœur, la sincérité de ses convictions et n'y fait même pas un bon petit plaidoyer ridiculement solennel sur les destinées de l'art, comme c'eût été son droit pourtant.*

C'est un badinage que ce petit livre, non autre chose ; il ne vise à rien, ne demande rien, ne veut rien édifier, ni rien détruire. Aussi étranger à la haine qu'à l'admiration, narquois seulement, un peu étourdi, exempt de fiel et de miel, épris de la douce folie funambulesque, il arrive, ebrius inter sobrios, *à la fin de cette grave et pédante année, comme un clown harnaché de sonnettes, barbouillé de carmin et de blanc d'Espagne, et soucieux sur toutes choses de rire et de cabrioler comme il convient.*

N'exigez pas de lui qu'il soit respectueux, huileux, onctueux : ce n'est pas l'affaire du badin; Mme de Bassanville n'est pas sa cousine, et il tire la langue à l'Institut.

Cependant, n'allez pas croire qu'il soit insolent !... Non ! il n'est qu'impertinent; mais impertinent, il l'est ! Que voulez-vous, on n'est pas parfait — c'est à l'impertinence qu'il doit le jour et un bon fils tient toujours un peu de sa mère.

D'ailleurs, il n'a pas d'ambition. Ce n'est pas lui qui empêchera personne d'avoir le prix Montyon, et il n'aspire ni aux éloges de M. Villemain, ni aux sympathies de M. Buloz, ni aux applaudissements de M. Patin.

Il n'est point tenté non plus par les honneurs de la reliure en veau, et vous le placeriez dans une bibliothèque entre Malebranche et Leibniz, qu'il n'en serait pas plus fier — peut-être même s'en plaindrait-il !

Tant il est peu sérieux et en fait profession !

Mais son plus cher désir c'est d'aller dans les mains de quelques hommes de goût et de lecture, qui comprendront son étourderie et la lui pardonneront; c'est d'être feuilleté par des doigts amis, un de ces soirs d'hiver, à la lueur tremblante des bougies, près du feu dansant et clair où l'on pourra le jeter, s'il a déplu.

*Les pièces consacrées à Offenbach et à Gustave Aimard sont de simples odes funambulesques, ainsi que l'*Occidentale*, dédiée à Émile de Girardin où j'ai parodié (librement) la vingt-et-unième Orientale de V. Hugo. Théodore de Banville qui, de concert avec Asselineau, introduisit en France le Pantoum malais,* *avait droit aux honneurs de cette extravagance du rhythme. Pour Edm. et Jules de Goncourt, pour Leconte de Lisle et pour A. Houssaye, j'ai cherché à imiter leur manière avec le plus de soin possible et une scrupuleuse exactitude. En relisant les* Amoureuses, *d'Alphonse Daudet, j'ai été séduit par la jolie pièce des* Trois jours de vendange, *et je l'ai parodiée pour lui, comme pour le baron Brisse, j'avais parodié le chapitre XI du poëme d'Eviradnus,* Un peu de musique, *dans la* Légende des Siècles. *Enfin, j'ai reproduit pour Courbet des vers qui avaient paru déjà dans mes* Hommes du jour, *pensant devoir m'y tenir, puisqu'ils avaient été assez heureux pour lui plaire une fois.*

Mes deux excellents amis, F. Régamey et Léonce Petit, ont bien voulu me prêter le concours de leur humouristique crayon pour compléter par le dessin la charge que mes vers avaient commencée. Je les en remercie bien sincèrement ici, et j'espère qu'ils plaideront avec succès ma cause auprès du public et lui feront excuser les fautes de l'auteur.

EUGÈNE VERMERSCH.

Contraste insuffisant

E. DE GIRARDIN

OCCIDENTALE

Comme Il marche! Voyez : par les poudreux sentiers
De la Ville aux cent bruits, par les blêmes quartiers
Où peine monsieur de Biéville,
Par la ruelle obscure et les boueux marchés,
Et par la longue rue Aboukir, oh! voyez
Comme Il marche, le chef de file!

Il est grand, Il est fort, et quand d'un pas joyeux,
Sa mèche se courbant sur Son front, à nos yeux
Il apparaît, le journaliste,
Son caissier pressentant quelque chose de grand,
Ébloui, frissonnant, abaisse en s'inclinant
Sa visière de buraliste.

Jeune sexagénaire, Il chantonne au matin;
La rose printanière épanouit Son teint
Et le feu sort de Ses prunelles;
Il se frotte les mains, enjambe les ruisseaux,
Va, court, file, s'arrête et vole, et les oiseaux
Pour Ses pieds donneraient leurs ailes.

Quand le soir pour l'absinthe on va se réunir,
A l'heure où l'on entend lourdement revenir
Les employés du ministère,
On Le lit; l'épicier a défait ses cornets
Plus d'une fois pour Lui; pour Lui les Cabinets
De l'Europe sont sans mystère.

Certes le grand Théo, nabab du *Moniteur*,
Sans regret donnerait pour capter Sa faveur
Ses soyeuses boucles traînantes;
Le joyeux Monselet son crédit chez Peters
Où, quand sonne minuit, il aiguise des vers
Sur les andouillettes fumantes;

Et Trim à l'œil qui rit, aux gilets évasés,
Son esprit toujours neuf en des sujets usés,
Délices des Conrart des rues;

Et Nadar son *Géant* et, don plus riche encor,
Les quinze poils follets, plus éclatants que l'or,
Hérissés sur ses huit verrues ;

Et Mirès, ce narquois, la peau des bons messieurs
Péreire, ruinés si bien par nos malheurs
Qu'ils se revêtent de guenilles ;
Et Sarcey son oreille, effroi de l'avenir,
Si vaste que Guéroult y voulait établir
Des sépultures de familles ;

Et Ponson *Rocambole*, hercule de tréteaux,
Et son vaste succès dans les petits journaux
Qui ne coûtent que cinq centimes ;
Et le vague Nefftzer sa feuille d'allemand
Aux rares numéros, car on dit qu'on en vend
Un à peine pour cinq cents *Times;*

Et Barbier, que Véron méconnut un instant,
(Ce Véron que Banville a fouetté jusqu'au sang,)
Son fameux quartier de charogne ;
Beaudelaire eût vendu son cadavre aux yeux verts,
Balançant au gibet, qu'il nous a dit en vers,
Et que de ses dents un chat rogne.

Et pourtant Girardin, ce n'est point un pacha,
Un boyard ; mais n'allez pas croire pour cela
Que la pauvreté l'accompagne ;
Émile, outre ses biens, l'air du ciel, l'eau des puits
A son lorgnon encor, mèche, faux-col et puis
L'ami Feydeau, cette montagne !

II

ALPHONSE DAUDET

TROIS JOURS DE FOLIE

J'ai fait sa rencontre un jour de folie :
Le bois était plein de vagues chansons,
L'églantine en fleur poudrait les buissons,
Le merle aux muguets fit une homélie.

Dans le grand bois sourd, plein de longs frissons,
Je l'ai vu, causant avec des pinsons,
Un jour de folie.

J'ai fait sa rencontre, un jour de folie,
Sur les boulevards mornes et brûlants;
A peine ouvrait-il ses yeux indolents
Avec un grand air de mélancolie.

Le Cher aspirait à petits coups lents,
Par un chalumeau, des sucs violents,
Un jour de folie.

J'ai fait sa rencontre un jour de folie :
Depuis, sa folie a duré toujours...
Il s'agenouilla sur l'épais velours
Dont les flots pourpraient la dalle polie.

Les enfants de chœur chantaient à l'entour ;
Le Poëte était trop charmant : l'Amour
A fait la folie.

III

G. AIMARD

FRISOTIN
FABt DE PERRUQ
AUX
BATIGNOLLES

CHANSON DES TRAPPEURS

Un jour il se leva, brutal, les yeux sinistres,
L'air dur comme un sultan qui tance des ministres,
Ou le Grand-Vizir un cadi;
Puis cet homme s'étant étiré comme un fauve
Et s'étant restauré dans sa profonde alcôve
D'une tasse de moka, dit :

« Donc, faisons un roman dont s'étonne le monde,
« Dont Méry soit jaloux, et Cowper, et qui confonde
« Vischnou, Mendès et les Védas !
« Transformons en maïs le seigle aux épis rogues,
« Et nos canots pesants en de sveltes pirogues;
« Et nos jardins en vérandahs !

« Le maire, des Tribus sera le Chef étrange ;
« Sa fille, Fille du Chef ; et Michel-Archange
« Deviendra notre Grand-Esprit ;
« Appelons nos chevaux des onagres ; les mufles
« Des génisses seront les fiers naseaux des buffles ;
« Nous parlerons avec le cri !

« Des plumes de héron sur nos occiputs glabres,
« Ne polkons plus, dansons quelque danse des sabres
« Au son terrible du tam-tam !
« Aux Peaux-Rouges, salut ! Salut à la campagne
« Où le corps du guerrier n'est vêtu que d'un pagne !
« Viens, Grand-Serpent ! Foin du Nizam !

« Nous mettrons le moustique à la place des mouches ;
« Que les vagues bourgeois soient doux, soyons farouches,
« Ayons des gués, mais plus de ponts ;
« Ornons d'anneaux massifs nos oreilles revêches ;
« Traversons notre nez cruel avec des flèches ;
« Ne guillotinons plus, scalpons ! »

~~~~~~~~~~~~~~~~~~
~~~~~~~~~~~~~~~~~~

IV

T. DE BANVILLE

GLORIEUX PANTOUM

Foin des prosateurs, troupe vile!
Les grands poëtes sont des dieux.
A la fenêtre de Banville
Phœbus cligne un œil radieux.

Les grands poëtes sont des dieux ;
Sur leur front effeuillons des roses.
Phœbus cligne un œil radieux
Par les persiennes demi-closes.

Sur leur front effeuillons des roses :
C'est pour eux que le lys est blanc.
Par les persiennes demi-closes,
Je vois Banville s'éveillant.

C'est pour eux que le lys est blanc,
Eux qu'aime en frère l'aigle fauve.
Je vois Banville s'éveillant :
Il se lève, timide et chauve.

Eux qu'aime en frère l'aigle fauve,
Ils peignent les crins des soleils.
Il se lève timide et chauve,
Et sur la pointe des orteils.

Ils peignent les crins des soleils ;
Sur les cimes ils font des trilles.
Et sur la pointe des orteils
Il va chercher ses espadrilles.

Sur les cimes ils font des trilles :
Gloire aux mélodieux chanteurs !
Il va chercher ses espadrilles
Sur le fauteuil brodé de fleurs.

Gloire aux mélodieux chanteurs !
Leurs lèvres jettent des topazes.
Sur le fauteuil brodé de fleurs
Bück fait un rêve plein d'extases.

Leurs lèvres jettent des topazes!
Ils font plus sinistre Macbeth!
Bück fait un rêve plein d'extases,
Bück, l'épagneul d'Élisabeth!

Ils font plus sinistre Macbeth,
Ils font plus grande Notre-Dame!
Bück, l'épagneul d'Élisabeth!...
Banville lui dit : O mon Ame,

Ils font plus grande Notre-Dame
Dans la splendeur de l'ode en feu!
Banville lui dit : O mon Ame,
« Veuillez-vous déranger un peu! »

Dans la splendeur de l'ode en feu
Ils marchent aux apothéoses!
« Veuillez-vous déranger un peu!
« Je vous dirai de douces choses! »

Ils marchent aux apothéoses
Dans l'Aurore au baiser sanglant!
« Je vous dirai de douces choses! »
Mais Bück n'obéit qu'en grondant.

Dans l'Aurore au baiser sanglant
Leur chaste auréole s'allume!
Mais Bück n'obéit qu'en grondant;
Le doux Banville prend sa plume.

Leur chaste auréole s'allume;
Les Dieux leur sourient dans les airs.
Le doux Banville prend sa plume :
Banville a les yeux pleins d'éclairs.

Les Dieux leur sourient dans les airs
Et pour eux l'Olympe est servile.
Banville a les yeux pleins d'éclairs :
Fein des prosateurs, troupe vile!

V

A. HOUSSAYE

VARIATIONS SUR UN MOTIF DE SÉRÉNADE

Sylvia, je veux que tu m'aimes!
O Cruelle aux yeux d'outremer !
Fille d'Ève aux baisers suprêmes,
Que baigne l'Idéal amer !

Viens, ô mon Ame ! Les pervenches
Ourlent les marges du chemin ;
Une moisson de roses blanches
Nous conduira jusqu'au moulin.

D'honneur ! les branches sont couvertes
De fleurs d'un goût miraculeux :
Rimmel, sans doute, aux feuilles vertes
Versa des encens capiteux !

Les arbres ont des chevelures
Comme Cléopâtre et Ninon,
Comme jamais à nos impures
N'en donna ma chère eau Nanon !

Vénus Astarté, toute nue,
Perce de son doux sein neigeux
Les luxuriances de la nue
Et nous appelle tous les deux.

Viens, ô Déesse des déesses !
Nous descendrons dans le passé
Et nous y trouverons les pièces
De nos vieux violons cassés !

Viens, ô ma belle Pécheresse !
O mère pâle de l'Émoi !
Ne t'en va pas, o Charmeresse !
Car quelque chose naît en moi :

Dans mon âme, des aubépines
Depuis quelques jours ont fleuri :
Dans les blancheurs de leurs épines
Une fauvette a fait son nid ;

Et quand, en s'éveillant, l'Aurore
Rit sur les lèvres du ciel bleu,
Un grand rayon descend, qui dore
Les fleurs et l'oiseau du bon Dieu.

Cette fauvette, ô ma Charmante,
Qui vient nicher dans les parfums,
Près du moulin, c'est toi, clémente
Et chère Folle aux cheveux bruns ;

Et le rayon qui vient, ma Belle,
Sur tes ailes faire le jour,
C'est la grande flamme éternelle,
Le sang du cœur de Dieu, l'Amour.

VI

COURBET

TABLEAU

Il entre, le voilà ! superbement coiffé
D'un large panama qu'il pose à la patère :
O Théodore, il fait tressaillir ton café !
Deus, ecce Deus ! Tremble sous son pas, terre !

C'est le maître Courbet ! Sa barbe, fleuve noir,
Descend à flots épais sur sa large poitrine ;
Pareil au bruit que fait l'eau dans un entonnoir,
Un rire olympien fait gonfler sa narine.

Quand ils le voient passer dans les vallons du Doubs,
Les farouches taureaux jalousent ses épaules ;

Comme un Turc il est fort, et comme un agneau, doux ;
Son nom, caché longtemps, a volé jusqu'aux pôles.

C'est le peintre — le vrai — des rochers et des bois,
Des chevreuils et des bœufs égarés dans les plaines,
Des femmes en chansons laissant mourir leurs voix
Et des curés béats aux immenses bedaines.

VII

BARON BRISSE

FOIE GRAS
TRUFFES

UN PEU DE GASTRONOMIE

Si tu veux, prenons un lièvre ;
Emportons nos deux couverts ;
Que le thym et le genièvre
L'aient nourri dans les bois verts.

Je suis ton hôte et ta proie ;
Viens, la grive est de retour :
Ma fourchette aura la joie,
Ta fourchette aura l'amour.

Elles auront de l'ouvrage ;
Les turbots sont radieux !
Vivat ! chacune avec rage
Fera la tâche de deux !

La faim remplit, la maussade,
De bruit nos duodenum,
Le mien comme une cascade
Le tien comme un moëlstrom !

Le girofle est nécessaire ;
Nous emporterons du thym,
Les câpres, cette misère,
Et l'ail, ce républicain !

Viens ! le soir garnit les tables ;
Dinochau rit : ce Vatel
Entend les dents indomptables
Du Monselet ponctuel.

Quelquefois l'ivresse est fausse
Qui suit les soupers géants ;
Donc, inventons une sauce,
Repaire de condiments !

Viens ! sois gris... moi, je suis ivre !
Digestif pouvoir du thé !
Nos hoquets nous feront suivre
De Grimod ressuscité !

Les blancs Coligny nocturnes
Nous suivront de leur œil rond
Et les Vallés taciturnes
Dans les cafés gémiront

Et diront : Spectacle atroce !
« C'est Mormon avec Mondor !
« Ces gueux, pour faire la noce,
« Ont dépensé des monts d'or. »

Allons-nous-en par les Halles,
Un grand panier à nos bras ;
Les mollusques acéphales
Réveillent l'appétit las !

Allons dîner, fiers, sans crainte,
Laissant les sots s'hébéter
Dans le madère, l'absinthe
Et les flots noirs du bitter !

Nous entrerons chez Vachette
Et patrons cet hôtelier
Du secret d'une recette
En lui disant : Écolier !

Tu seras rond, moi pompette !
Nous mangerons jusqu'au jour !
Viens ! Nous dirons : *Ma bichette*,
Au cordon bleu de Véfour !

VIII

OFFENBACH

FANTASIA

Du temps qu'il n'avait pas encor blagué l'Olympe,
Ni soulevé du bout de son archet la guimpe
Qu'emplit le buste de Pallas,
A cet âge où l'on est fier d'être polygame,
Bien souvent il disait à la sœur de son âme :
« Ça ne va pas du tout, hélas !

« Ma gloire (la coquine !) a le pas des limaces ;
« Et je ne suis connu que pour être des basses
« Le triomphant Paganini !...
« Bientôt tout va changer !... Que l'avenir se dore !...
« Alors tu changeras pour le satin sonore
« Ta robe d'alpaga, Nini !

« Vienne une occasion, plutôt que je la perde,
« Périssent avec Weber et l'aïeul Monteverde,
« Et Boieldieu, ce liseron !
« L'univers tremblera du poids de mon génie :
« Je vous égalerai, neuf sphères d'harmonie
« Que nous décrivit Cicéron !

« Je n'aurai de respect pour rien ; et les Antiques
« Seront débarrassés de ces poses attiques
« Qu'ils ont sur leurs socles de stuc ;
« Vainqueur, je transcrirai la musique des Fées ;
« Et nos neveux pourront comparer nos *Orphées*,
« Mon pauvre vieux compère Gluck !

« J'aurai la fantaisie étrange des mers bleues
« Et la vivacité folle des hochequeues ;
« Hoffmann ne sera que mon groom !
« Donc, j'ai dit, et je veux, ô Schubert, que tu beugles ! »
Et l'homme au nez sinistre écrivit *les Aveugles*
Et chanta le général Boum !

IX

E. ET J. DE GONCOURT

LA MORT DU CHIEN

Le soir descend. Le bleu du ciel devient foncé.
Un grand nuage vert, très-dense, nuancé
De roux, flotte indécis, comme cherchant sa route.
Le soleil se meurt, froid, mélancolique, et toute
Sa lumière est brisée à cette heure et ne sert
Qu'à blémir faiblement à l'occident désert
Quelques petits flocons lanugineux et pâles
Qui tachettent le ciel et semblent des opales
Malades.

Le spleen fait sangloter son archet
Sur ces choses.

Brodant l'air avec le crochet
De son vol anguleux, la chauve-souris brune,

Prévoyant les clartés fantasques de la lune
Et les réduits obscurs qu'elle pourra revoir,
Se grise de fraîcheur et d'ombre, et fait mouvoir
De ses longs bras velus les membranes qui claquent.

Et voici que sous les hauts peupliers qui plaquent
Sur le sol caillouteux leurs grêles spectres noirs,
Exhalant la vapeur sombre des désespoirs,
Triste, affreuse, puante, et livide, et boueuse,
Roulant le flot visqueux de son eau travailleuse,
Qu'ont fait gémir là-bas, tour à tour, les labeurs
Rudes des teinturiers funèbres, des tanneurs,
Des lessiveuses, morne, et savonneuse, et grasse,
La Bièvre charrie un semblant de carcasse.

Et cela gémit, crie, et pleure, et va râlant.

Et le flot sourd poursuit, égal, jamais plus lent,
Inexorable, sans cesse, pitié, ni trève.

Et l'objet qu'il entraîne a la forme d'un rêve
Terrible qui soudain aurait trouvé du corps.
L'audacieux passant, se penchant sur les bords
De l'eau noire, pourrait apercevoir les formes
Lamentables d'un chien jaune, aux pattes difformes,

Aux yeux boueux noyés dans un pâle brouillard,
Cassé, triste, caduc et laid comme un vieillard,
Avec des fils de sang dans son oreille rousse,
Misérable, et qui geint, et qui bave, et qui tousse.
Sur le cuivre oxidé du collier, d'un ton sourd,
On lit ces mots : *Edmond et Jules de Goncourt.*

Tantôt des apprentis, sortant de la fabrique,
Lui mirent au cou, pour le noyer, une brique.

Il va : le flot l'emporte.

Il se débat, roulé
Par l'eau puante, et las enfin d'avoir hurlé,
Il s'en va parmi les débris de toutes sortes,
De vieux linges, de vieux papiers, de feuilles mortes,
Et, n'ayant presque plus la force de lutter,
Au gré du flot brutal il se laisse emporter.

Il va.

Mais tout à coup sur la rive plus basse
Qui semble se pencher afin de faire grâce,
La Bièvre déferle et dépose le chien
Défaillant sur le sol flasque et paludéen.

Et la bête vaseuse, expirante, exécrée,
Malade, ridicule, affreuse, exténuée,
Roidissant tout son être en un dernier effort,
Fléchissant et râlant, se traîne jusqu'au bord.

Elle est dans un terrain, vague, rempli de vases
Infectes, de fumiers et de tessons de vases
De nuit et de débris de démolitions.
Les ronces, framboisiers des désolations,
Y dressent leur vigueur farouche et l'on voit pendre
L'araignée au gibet pointu du scolopendre
Et, sur les pierres qui sèment le sol honteux,
Sauteler lourdement les crapauds pustuleux.
La hideur s'y marie avec la pourriture,
Et ce lieu repoussant se défend sans clôture :
Les promeneurs perdus s'en sauvent, et les morts
N'osent y revenir.

Et le vieux chien alors,
Vers le soleil, que son œil bleu ne voit plus luire,
Tourne la tête, hurle et, sinistre, il expire.

X

LECONTE DE LISLE

LA CHUTE DES DIEUX

L'Olympe et le Çwarga cette nuit ont frémi;
Le Walallah, depuis des siècles endormi
Dans l'air subtil et bleu de sa béatitude,
A senti tressaillir sa base. Inquiétude
Morne! Un vent de malheur vient d'ébranler les cieux:
La Peur gèle le sang dans les veines des Dieux;
La Stupéfaction fait ciller leurs paupières
Célestes. O Brahma! Leurs nimbes de lumières
Délaissent brusquement leurs fronts déshonorés;
L'Hésitation flotte en leurs yeux effarés...
Or, un bruit, comme si se choquaient les Trois-Mondes,
S'élève tout-à-coup sous les voûtes profondes
Des paradis, va, vient, roule, hurle, glapit,
S'apaise, et recommence, et gronde, et s'assoupit
Encore, et puis devient si vaste et formidable

Qu'un moment il sembla que c'était l'insondable
Abîme du Néant et de l'Oubli sans fin
Qui s'entrouvrait, pensif et ténébreux, afin
D'engloutir dans sa nuit sans astres et sans bornes,
Bhagavat, ton nombril, centre immense des formes!
Alors, malgré l'horreur rude qui t'effleura,
Te dressant sur tes pieds mystiques, o Mayâ,
Sœur, Reine, Illusion première, Force et Gloire,
Tu connus que c'était un hymme de victoire
Que chantaient des guerriers indomptables, courant
Devant le char divin d'un âpre conquérant
Annoncé par la Moire aux époques anciennes.
Les héros des Védas, les Déesses païennes,
Les idoles des Goths et des Jarls grands-buveurs
Se sentirent frôler par les ailes des Peurs;
Et leurs âmes d'airain, jusqu'alors impassibles,
Descendirent de leurs calmes inaccessibles.
Le grand Taaroa, l'œuf où Pô mit son feu,
Cria sinistrement : « Allons! Sauve qui peut! . . . »
Les Dieux à ce signal abandonnent la voûte
Immuable, et s'en vont, bousculés, en déroute,
Chercher d'autres climats doux et silencieux
Où rien ne blesse plus le lotus de leurs yeux.
Le jade tombe en poudre et les dents des fétiches
Branlent affreusement. Sous les almes corniches
Du Çwarga, les Açwins s'envolent par essaims,
Entraînant après eux le bataillon des Saints

Qui gardaient le Chaos et les Choses à naître.
L'Origine, la Fin et les Formes de l'Être,
Bhagavat fuit, divin sanglier, marquant mal
Ses pieds respectés sur la poudre de çantal
Tant il court, respirant à peine : horrible, il brise,
En se ruant, les troncs des açokas qu'irise
Çurya, les jujubiers, les açvatthas touffus
Où les paons d'or et les aras volent confus!
Kâma, le doux époux de Râti, l'Amour russe
Katscheï, même Eros, exilent leur astuce.
On voit les Otawas avec les Apsarâs
Qui dansaient, agitant leurs claires noupoûras
De cristal ciselé, sous l'argent des érables,
Disparaître, voilant leurs gorges adorables.
Kâla jette sa lance et Rûdra son trident
Et le rire affreux des Rackçhaças est strident,
Et, lui-même, Vischnou, cependant qu'il arrache
Les poils frisés de son noir çrivatsa, se cache
Sous le ventre d'un lourd gandhadwipa... Malheur!...
Les animaux sacrés, tristes, versent un pleur!
Les Vaches aux poils roux qui traînaient les Aurores,
Que précédait l'éclat des panavas sonores,
Et la chèvre Amalthée, et les aigles de Zeus,
Errent désespérés, ahuris, foux, honteux;
Et l'éléphant bleu, dont naguère encor la tempe
Sécrétait le madu, lugubrement décampe.
Arrachant de leurs fronts les roses kadambas,

Les kinnaras exquis ont brisé leurs vinâs.
Pour s'enfuir Hêraklès a jeté sa massue,
Athênè sa klamyde, et voici dans la nue
De Kâma déjà loin les cinq flèches de fleurs.
Les kokilas charmants, modulant leurs douleurs,
Prennent leur vol pressé vers l'espace sans bornes,
Comme effrayés d'un spectre évoqué par les Nornes ;
Et, sous le coup de la terreur qui le frappa,
Çiva, fauve et tremblant disait : « C'est le kalpa !
« Croulez au fond des mers, étincelante gloire
« Des étoiles ! Tombez, tombez dans la nuit noire,
« Fleurs des bandoudjivas et des doux madhavîs,
« Vous, lotus koumoudas, chers à mes yeux ravis,
« Et vous, grands nymphœas, parfumés d'odeurs blondes !...
« Rien ne va plus !... Tout est fini pour les Trois-Mondes.
Et ricanant alors de son grand rire amer,
Farouche, il arracha les nélumbos de fer
De son oreille immense et broyant dans sa palme
Son doux tchandrakanta d'une eau limpide et calme
Il rugit fortement et, sinistre, s'enfuit,
Faisant trembler encor le Çwarga de son bruit.
Ainsi que des bambous, sous ce vent dérisoire
Hélas ! on vit frémir les colonnes d'ivoire. . .
Or tandis qu'en chantant, d'austères yatîs
Allumaient savamment le feu des viçradjits,
En s'enfuyant avec Hâri, — lieu de délices,
Qui tient le Temps, l'Espace et la Forme en ses cuisses,

D'où les mondes, sans fin, ruissellent constamment,
Pour s'y replonger tous inéluctablement,
La source et le sacré terme, l'Ame des âmes —
Le grand Brahma put voir, dans une mer de flammes,
Le nom du conquérant où s'engloutissait tout,
Et lire ces mots dans l'air sublime .

[illegible]

NOTE

Çwarga, paradis indien (d'Indra). — *Walallah,* paradis des Germains — *Brahma,* le créateur dans la Trinité indienne. — *Bhagavat,* un des noms de Brahma. — *Mayâ,* personnification de la pensée créatrice de Brahma. — *Moire,* la fatalité. — *Védas,* livres sacrés de l'Inde. — *Taaroa,* le créateur dans la genèse polynésienne. — *Pô,* la nuit dans la même genèse et sans doute la personnification du travail de la fermentation. — *Açwins,* esprits indiens. — *Açoka,* arbre. — *Açvattha,* figuier religieux. — *Kâma,* l'Amour indien. — *Rati,* la volupté. — *Otawas*, Nymphes scandinaves. — *Apsaras*, Nymphes indiennes. — *Noupoûras*, anneaux que les femmes portent à la cheville. — *Kâla* et *Rûdra*, dieux indiens du mal. — *Rackçhaças*, mauvais génies. — *Vischnou*, le conservateur dans la Trinité indienne. — *Çrivatsa*, touffes de poils sur la poitrine. — *Gandhadwipa*, éléphant sacré. — *Panava*, petit tambour. — *Madu*, liqueur odorante qui découle des tempes de l'éléphant à l'époque du rut. — *Kinnaras*, musiciens du ciel. — *Vina*, viole. — *Kokila*, oiseau chanteur. — *Nornes*, sorcières scandinaves. — *Çiva*, le destructeur et le rénovateur dans la Trinité indienne. — *Kalpa*, destruction du monde. — *Bandoudjivas*, une fleur, le *Pentapetes phœnicia*. — *Madhavi*, une fleur, la *Gœrtnera racemosa*. — *Koumoudas*, nocturnes. — *Nélumbos*, pendants d'oreilles. — *Tchandrakanta*, diamant fabuleux formé par la congélation des rayons de la lune. — *Yatis*, ascètes très-saints. — *Viçradjit*, sacrifice par un triomphateur. — *Hdri*, déesse de la fécondité.

PARIS. — E. DE SOYE, IMPRIMEUR, 2, PLACE DU PANTHÉON

www.ingramcontent.com/pod-product-compliance
Ingram Content Group UK Ltd.
Pitfield, Milton Keynes, MK11 3LW, UK
UKHW021650260726
13994UKWH00003B/1393